校园霸王

【法】吉普 ◎ 著 ／ 艾迪斯·香彭 ◎ 绘

梅思繁 ◎ 译

汪！
汪！

浙江人民美术出版社

成长的美丽与澎湃

　　这是一套向即将走入，或者已经走入青春岁月的年轻生命们，讲述关于成长中的万千情感，各种疑惑，生命和社会的难解命题的丰富小书。这同时也是一套所有的成年人也许都应该拿起来读一读的有趣作品。它会让已经远离青春岁月的成年人，重新记得这段人生中的特殊时光。它更会令成年人懂得青春期的复杂与不易，让他们更好地陪伴在孩子们的身边，度过这段既美好又时常充满动荡与变换的时期。

　　主人公索尼娅是个11岁多的女孩。她聪慧、敏感，喜欢新鲜事物，充满着生命力。父母的离异带给这个刚刚告别童年的女孩，对成人世界的各种不解，以及印在她心中的深深的伤痛与失落。家庭与父母给予她的在童年时的支撑与力量，随着父母的分离，瞬间消失了。她又恰恰在此时，走入了青春期——一个自我意识与身份在这一时期开始逐渐形成的，生命中尤为重要的阶段。

　　跟随着索尼娅的校园生活，我们会看到，索尼娅和她的同伴们作为当今法国乃至整个西方社会的青少年，他们看待世界与社会的眼光；他们对独立的自我身份与话语权的要求；他们在情感上的诉求；他们对大量传统观念和事物的反叛，以及对新生的电子与科技社会的追随和融入。

　　这套书的两位作者，用最贴近现实的图画和语言，刻画了法国青少年的生存状态与面目。在这种毫无掩饰的真实讲述里，有一些话题也许会让我们的中文读者（尤其是成年人）觉得不那么自在。比如故事里涉及的青春期的两性情感问题，比如这些孩子对电子游戏与其他电子产品的沉迷，比如他们对传统文学的陌生，对嘻哈音乐的狂热……

　　我非常理解，我们的成年读者在读到这样的情节时，刚开始的时候会产生一些不首肯和淡淡的反对情绪。我作为一个在法国社会生活了十多年的成年人，我同样有着对于"索尼娅"们的态度和行为，有我的不认同和保留。但是当我仔细地观察一下我身边的"索尼娅"和"艾罗迪"，我不得不承认，两位作者在这套书里的刻画是无比真实与形象的。

我猜想，作者秉承这样坦诚的创作态度，是为了让青少年读者在这套书里找寻到他们对主人公的认同感。每一个青春期的孩子都会在这套丰富的作品里，读到自己的影子。这些主人公的快乐与烦恼，也是天下所有青春期的孩子们在经历着的丰富情感。作者的毫无隐藏，更是为了让所有的成年人，放下我们对青春期的各种偏见，用专注与理解的眼神去读懂青春期的孩子们的情感、诉求和对社会与成年人的期待。

索尼娅和她的同伴们，有着青春期群体的任性妄为、自以为是等缺点。但是他们同时拥有蓬勃的生命力、创造力，和勇于打破不公平的社会秩序，为那些少数以及弱小群体呐喊、争取权力的大胆和真诚。他们生在一个高科技和电子化的时代，自然而然地，对于传统社会的价值观念、生活方式甚至娱乐方式，他们都是不了解并有点嗤之以鼻的。但是一旦当他们读到雨果的诗歌，当他们亲身感受到田园生活的美好，他们有一颗比成年人柔软得多的心灵，会毫不犹豫地接受并且拥抱传统。

当我们读完索尼娅和她的同伴们的故事，我们会发现，这些看似离经叛道的年轻生命，其实与任何一个时代的青春期孩子都是一样的。他们以他们的方式，在寻找着属于自我的独立身份与人生轨迹。一切的反叛也好，惊世骇俗也好，绝不是他们的终极目的，而只是他们在面对成长中的巨大转型时的某种难言的不知所措。这些时常宣称自己已经非常独立的"索尼娅"们，在这个生命阶段，内心所寻求的恰恰是成年人与传统价值的智慧的理解与引领。

我相信，我们的青春期的少年们，在读完这套精彩出色的作品以后，会不由自主地偷笑起来。他们在这些故事里读到了他们的日常生活、内心隐秘、欢乐与悲伤，他们更会在这些故事里找到很多困扰他们已久的各种人生与社会问题的答案。

我也相信，我们的成年人们，在读完索尼娅和她同伴们的故事以后，会用一种全新的眼光来看待他们身边正在经历着青春期的孩子们。他们会智慧地站在孩子们的身边，让他们的成长之路走得更加美好、有力、蓬勃。

索尼娅

11岁半，刚刚结束童年的她已经是个明星了。她谈恋爱、独立、反传统，总是提出各种各样的问题。

萨罗梅

12岁，索尼娅的小男朋友。别看他有个听起来像女孩的名字，他喜欢的是嘻哈音乐、坎波舞和各种带有杂技表演性质的舞蹈。

安东尼奥

13岁，生活在郊区的一个重组家庭里。习惯了各种恶作剧，对掌握虚拟式动词变位语法有困难。

瓦兹

美国比特斗牛犬，安东尼奥的忠实朋友。不过他很容易把人当作他的狗粮……

窗外下着雪，雪花飘落在学校的操场里。学生们专心地做着动词变位的练习时，夏滋尔女士看着窗外，嘴角扬起一个微笑。

她的脑海里出现了各种画面……

1

她仿佛看见自己穿着蓝色外套和白袜子的模样。

那是很久以前的事了。

那时候一下雪，所有的同学纷纷往操场上跑，尽情地玩耍。

课间休息的时候，奥蒂乐·夏滋尔像个疯子一样地边跑边向好朋友们扔着雪球。

进攻！！

随着时光的流逝，这位法语老师变得严厉了。只要是她的课，所有的学生都会乖乖的。她绝对不允许他们发短信或者傻傻地乱笑。

　　今天早上测验的内容是虚拟完成过去时，所有同学都对动词"相信"的变位一筹莫展。

安东尼奥一般都是心情好才来学校，来上学也不过是为了闹着玩。反正他的名声早就令人"刮目相看"了。才13岁，他已经在教导主任那里报到了三次。不过今天呢，夏滋尔女士心情不错……

所有人都笑了起来。

过了一会儿，下课铃声响了起来，同学们都拥向操场。

没有人能抵挡住打雪仗的诱惑，更别提安东尼奥了……

雪球向四面八方飞着。
老师们无可奈何地看着这一切，一言不发。

突然，玛戈大叫了一声，
她的额头前流淌着鲜血。

肯定是雪球里夹着一块石
头……

索尼娅和艾罗迪扶着她们的好朋友，一个个脸色惨白。

护士一个星期只到学校来三次，给学生们治疗些小伤小痛，或者发点肚子疼的药给他们。这天运气真不好，医务室没有人。

所有人都来到教导处。杜西先生可见过比这更糟糕的情况，他说暂时给玛戈的头上缠上一根围巾当纱布就足够了。

索尼娅和艾罗迪开着玩笑，试图缓解气氛。

救护车把玛戈带到了医院。不过女孩们还是被吓到了，她们觉得好像不太安全。

下课后，一群人聚集在班长儒勒的边上。

索尼娅很想去报警。她都已经记不清楚有多少次被人家在楼梯里推倒，或者是出口伤人……

卡索比亚和贝蒂娜也同意，
她们抱怨着。

警察局里，女孩们在大厅里等了好半天。

一个小时以后，终于有个警察愿意听她们讲雪球的故事了。警察的嘴边挂着微笑。

你们要是愿意，我可以把它记录在案。

不过是记录下来而已，跟往月球上开罚单有什么两样？
当然也不会有调查！

安东尼奥回到家里。

和每个晚上一样，他的继父把身体陷在沙发里看电视。而妈妈呢，则慢悠悠地打发着时光。

安东尼奥负责给妈妈买香烟。

不仅如此，他还在学校里出售。

有时候，这个校园小霸王真想跑到世界的尽头去。

他唯一的朋友是一只叫瓦兹的比特斗牛犬。

这里真没什么事情可做的⋯⋯

安东尼奥在头上抹了些发胶，然后带着他的狗出门去了。

走人
⋯⋯

汪，汪
⋯⋯

贝蒂娜和卡索比亚在学校悄悄地做着调查，她们认定了安东尼奥是罪魁祸首。

这件事情看上去绝对像是那家伙的风格。年初的时候，他把牙签揉进纸团里，然后放到同学们的椅子上，或者直接拿它们扔来扔去。

某一天，贝蒂娜就被这纸团砸了个正着。

这天早上，卡索比亚和贝蒂娜决定拼了。两人在楼梯上截住了安东尼奥。

贝蒂娜可不打算停下来，她继续对着安东尼奥喊：

你要是哪天死了，会化成宇宙里大便的灰尘！

这是上帝说的！

夏滋尔女士在班上点名。所有人都到了，除了玛戈以外。她的座位空着，好像有个鬼魂飘散在座位上。

几个学生笑了起来，而法语老师则把脸转向了窗户，心里一沉。

周末来到了。

索尼娅迫不及待地想和心上人一起跳嘻哈舞。其实，也不是所有的男生都是坏孩子，有的会和你友善地、简单地、没有任何不妥当地讲话。

有的时候，一个美好的故事就这么开始了……

人们常常会记得他们第一次说"我爱你"，这几个让人心神震颤，甚至想哭起来的字。哪怕他们只有11岁多。

爱情真美好！

索尼娅在路上遇到了安东尼奥和他的狗——瓦兹，那时候她还以为自己……

狗叫着跑到她身边，不停地嗅着她，好像是他的狗食。

索尼娅都还没问，安东尼奥就主动和她讲起了自己在学校的各种困难经历。

他说他受够了，所有人总以为他是罪魁祸首。

那玛戈的事呢？

我以我妈妈的生命发誓，绝对不是我干的！

　　索尼娅和她的心上人见面了。她带着一种悲伤的感情，因为这世界满是偏见，又缺乏爱心。

　　虽然萨罗梅的怀抱让她觉得安心，可是她依然感到前所未有的脆弱。她多希望所有的人都能快乐啊！

萨罗梅是个很棒的舞者，他总是在寻找各种新鲜的灵感。今天他决定教索尼娅跳坎波舞，一种面对面跳的混合了舞蹈和武术的巴西舞。

这东西像在街上打架一样。

　　这对小情侣在巴西音乐的伴奏下舞动着，一个动作接着一个动作，然后他们的脚缠在了一起，两个人都笑得停不下来。

　　二人世界多么的美好，有种远离尘世的感觉。

这天早上，玛戈回学校去了。所有人都想看看她的伤疤，不过它几乎看不太出来。

索尼娅和艾罗迪立即给玛戈营造了一种重归队伍的感觉。

大个子儒勒说要把他们写的号召书四处传递，但是玛戈提都不愿意提这件事情，只有卡索比亚和贝蒂娜绝不放手。

这天早上，夏滋尔女士把测验单发还给大家。这次居然没什么太差的成绩，她在答案的边上注了些很善意的评论。

她向每一个人解释着他们犯了哪些错。

"第二人称复数的变位不是crotte，而是crussiez。"

下课后，夏滋尔女士请玛戈和安东尼奥留下来，她看起来有些心事重重。

她有话要对他们说……

她的声音颤抖着……

那雪球是我扔的……

我需要向你们承认一件事情……

什么？！

夏滋尔女士从来没有像这一刻如此尴尬过。

她解释道，她这一辈子的教学生涯从未松懈过。

事故发生的那天，她看见学生们在操场上扔雪球，于是，她也忍不住像小时候一样，在地上拾起了一团雪。

我不是故意的……

她说她怕被学校辞退，况且她马上就要退休了⋯⋯

她的脸上滚下一滴巨大的泪珠，像个孩子一样。

安东尼奥没能忍住，笑了起来。

他其实心里挺想有个这样的奶奶的，温柔、脆弱，还会干点蠢事。

夏滋尔女士

法语老师，从来不拿纪律开玩笑。在她老猫头鹰一样的外表下，隐藏着一颗少女般的心。

玛戈

细致低调的好朋友。相比冬天，她更喜欢夏天。相比扔雪球，她更喜欢吃雪糕。

大个子儒勒

班长，有点无用软弱。他在班上的用处跟一头大象在足球比赛里的用处一样的小。

贝蒂娜

对男生们绝不手软，说起脏话来毫不客气，梦想成为一名侦探。

献给所有

即将进入青春期的孩子们

合同登记号：

图字：11-2018-14号

图书在版编目（CIP）数据

校园霸王 /（法）吉普著；(法) 艾迪斯·香彭绘；梅思繁译. -- 杭州：浙江人民美术出版社, 2019.1

（成长的烦恼）

ISBN 978-7-5340-7271-0

Ⅰ.①校… Ⅱ.①吉… ②艾… ③梅… Ⅲ.①儿童故事—法国—现代 Ⅳ.①I565.85

中国版本图书馆CIP数据核字(2019)第013335号

责任编辑：张嘉杭
责任校对：黄　静
责任印制：陈柏荣

校园霸王

[法] 吉普　著／艾迪斯·香彭　绘

梅思繁　译

出版发行　浙江人民美术出版社

　　　　　（杭州市体育场路347号）

网　　址：http://mss.zjcb.com

经　　销：全国各地新华书店

制　　版：杭州真凯文化艺术有限公司

印　　刷：浙江新华数码印务有限公司

版　　次：2019年1月第1版·第1次印刷

开　　本：710mm×1000mm　1/16

印　　张：2.5

字　　数：10千字

书　　号：ISBN 978-7-5340-7271-0

定　　价：20.00元